ye

3647

LE KLEPHTE

ou

L'INDÉPENDANCE DE LA GRÈCE.

LE KLEPHTE

OU

L'INDÉPENDANCE DE LA GRÈCE.

ODE-SYMPHONIE.

PAROLES DE M. MOREUIL.

PARIS

TYPOGRAPHIE DE WITTERSHEIM, 8, RUE MONTMORENCY.

1847

INTRODUCTION SYMPHONIQUE.

LA GLOIRE.

STROPHES DÉCLAMÉES.

— ❦ —

Peuple, relève-toi! Nation éternelle
    Entonne avec fierté,
Avec ton chant de guerre, une hymne solennelle
    Chère à la Liberté !

Ton œil sec étincelle et trouve encor des larmes
    Qui montent de ton cœur ;
Que ton corps épuisé retrouve au bruit des armes
    La force du vainqueur !

Sans cesse menaçant déjà monte l'orage

De ta rébellion !

Et l'homme veut en vain étouffer, dans sa rage,

Le réveil du Lion !

CHOEUR MYSTÉRIEUX

DES GÉNIES DE LA GRÈCE ANTIQUE,

(ORCHESTRE.)

CHŒUR DES HEURES GUERRIÈRES.

Nous voici revenues,

Guerrières inconnues,

Pour conduire vos pas

Dans vos nouveaux combats!

Quand le tambour résonne,

Lorsque le canon tonne,

Invisibles pour tous,

Nous sommes près de vous!

Nos bras dans la bataille

Écartent la mitraille,

Et nos baisers sanglants

Consolent les mourants !

Nos mains creusent la tombe

Du héros qui succombe,

Et sur son corps nos pleurs

Font germer mille fleurs !

CHŒUR DES MONTAGNARDS.

Mystérieux Génies,

Chantez, chantez toujours!

Vos saintes harmonies

Réveillent nos amours!

Oui, c'est pour toi que notre âme flétrie

A ces accords se réveille, ô Patrie!

Levons enfin nos Étendards

Que l'on traîne dans la poussière;

Que désormais à nos remparts

On respecte notre bannière.

La Grèce veut reconquérir

Sa noble Liberté, sa Gloire

Et les splendeurs de son Histoire,

Ou bien mourir !

Notre Drapeau frémit au vent

Et n'a plus son funèbre voile ;

Il semble nous dire : « En avant !

Au ciel brille encor votre Étoile ! »

La Grèce veut reconquérir

Sa noble Liberté, sa Gloire

Et les splendeurs de son Histoire,

Ou bien mourir !

O vous qui mourez en martyrs !

Pauvres Frères de nos campagnes ,

Dites dans vos derniers soupirs

Les chants qui viennent des montagnes !

La Grèce va reconquérir

Sa noble Liberté, sa Gloire

Et les splendeurs de son Histoire,

Ou bien mourir !

UN JEUNE KLEPHTE.-

Entends-tu, ma belle,

Le Tambour bat?

La journée est belle

Pour un Combat !

Quand l'honneur l'appelle,

Le Grec se bat !

UN : JEUNE : KLEPHT :

A ta fiancée,

Donne en ce jour

La douce pensée

D'un prompt retour :

Tu m'as fiancée

A ton amour !

LE KLEPHTE.

Après ma Patrie,

Et pour toujours,

Tu seras chérie,

O mes amours !

Et si je succombe

En combattant,

Venge, ô ma colombe !

Ton jeune amant !

Laisse-moi, ma belle,

Le Tambour bat,

La Gloire m'appelle

Dans un Combat !

ENSEMBLE.

LE KLEPHTE.

Après ma Patrie,

Et pour toujours,

Tu seras chérie,

O mes amours !

Et si je succombe

En combattant,

.Venge, ô ma colombe!

Ton jeune amant!

Laisse-moi, ma belle,

Le Tambour bat,

La Gloire m'appelle

Dans un Combat!

LA JEUNE KLEPHTE.

Après la Patrie,

Et pour toujours,

Je serai chérie

Et ses amours!

J'irai, s'il succombe,

Prendre au mourant

Son mousquet qui tombe

Encor fumant !

Pars, et sois fidèle ;

Le Tambour bat ,

La Gloire t'appelle ,

Vole au Combat !

PRIÈRE.

Dieu tout-puissant,

Dieu de justice,

Sois-nous propice !

Un Peuple qui se meurt t'invoque en gémissant !

Pour notre Liberté, reçois en sacrifice

Tout notre sang !

A ta main triomphante

Nous devrons désormais

La Gloire et les hauts faits

Que la valeur enfante !

(ORCHESTRE.)

LE CHANT DU KLEPHTE.

ÉLÉGIE.

Écho de nos Montagnes,
Avec ta douce voix,
Redis à nos Campagnes,
Redis mes chants cent fois !

Ma Montagne chérie,
A toi tous mes amours !
A toi, pauvre Patrie,
Mes soupirs et mes jours!

Sur ton trône sauvage,

Je vis avec fierté !

J'écrase l'esclavage

Avec ma Liberté !

A travers la souffrance

Qui nous brise le cœur,

Nous avons l'espérance

Un jour d'être vainqueur !

Vous qui souffrez encore

Dans la captivité,

Voici venir l'aurore

De votre Liberté !

Air libre des Montagnes,

Fais palpiter mon cœur,

Et porte à nos Campagnes

Le parfum du bonheur !

CHŒUR DE KLEPHTES.

Écho de nos Montagnes,

Avec ta douce voix,

Redis à nos Campagnes,

Redis nos chants cent fois !

CHŒUR DES TURCS.

D'où viennent donc ces chants audacieux ?

UNE VOIX.

Ils viennent des Montagnes,
Qui sont l'écho des Cieux !

LE CHŒUR.

A tous ces chants restons insoucieux,
Et torturons les Grecs et leurs Compagnes !

— Du fier Musulman,
Orgueilleuse terre,
Sois la tributaire
À chaque moment !

La Turquie est jalouse

De ton antique honneur,

Et veut être l'épouse

De ton grand déshonneur !

Donne tout à sa rage :

Ton honneur et ton or ;

Ton sang dans l'esclavage,

Donne jusqu'à ta mort !...

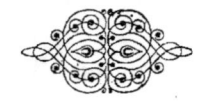

LA LIBERTÉ.

STROPHES DÉCLAMÉES.

La sainte indépendance est fille de ton ame,

O Peuple de guerriers!

Et malheur à qui touche à l'invincible femme

Couverte de lauriers !

J'entends ta grande voix gronder, comme un orage,

Au-dessus du canon ;

Ah ! c'est que tu combats pour effacer l'outrage

Qu'on fait à ton beau nom !

Ton noble désespoir en héroïsme abonde,

O Peuple glorieux !

Et ton patriotisme, en étonnant le monde,

Te rend victorieux !

REPRISE GÉNÉRALE DU CHŒUR DES MONTAGNARDS.

Levons enfin nos Étendards
Que l'on traîne dans la poussière ;
Que désormais à nos remparts
On respecte notre bannière !

Nous voulons tous reconquérir

Notre Liberté, notre Gloire

Et les splendeurs de notre Histoire,

Ou bien mourir!

FIN.

www.ingramcontent.com/pod-product-compliance
Lightning Source LLC
Chambersburg PA
CBHW061607180626
46818CB00005B/1988